COLLECTION

DE

Monsieur le Marquis de KERENVEYER

22 Mai 1905

TABLEAUX ANCIENS

DES ÉCOLES

Française, Flamande et Anglaise

MEUBLES ET OBJETS D'ART

APPARTENANT

à Monsieur le Marquis de

KERENVEYER

dont la vente aura lieu

HOTEL DROUOT — SALLE N° 6

Le Lundi 22 Mai 1905

A 3 HEURES

Mᵉ BRAOUÉZEC	**M. VANNES**
COMMISSAIRE-PRISEUR	EXPERT
41 — Rue de la Victoire — 41	*54, Faubourg Montmartre, 54*

EXPOSITIONS PUBLIQUES

Le Dimanche 21 Mai 1905, de 2 heures à 5 heures 1/2
Le Lundi 22 Mai 1905, de 1 heure à 3 heures

CONDITIONS DE LA VENTE

———

La vente sera faite au comptant.

Les acquéreurs paieront *dix pour cent* en sus des prix d'adjudication.

L'Exposition mettant le public à même de se rendre compte de l'état des objets, aucune réclamation ne sera admise une fois l'adjudication prononcée.

Paris, Imprimerie C. Chaufour, 8-10 rue Milton

DÉSIGNATION

ÉCOLE ANGLAISE

BONNINGTON

(Genre de)

(1801-1828)

1 — *Marine.*

Vue d'un port de pêche encaissé dans des falaises, et animé de personnages.

BOUCHER

(Attribué à François)

(1703-1770)

2 — *Scène pastorale peinte en grisaille.*

Deux femmes semblent babiller, pendant que l'une d'elle trait sa chèvre, l'autre est entourée de ses moutons, quelques animaux vont à l'abreuvoir.

(H., 1ᵐ15. — L., 0ᵐ85.)

CONSTANT

(Benjamin)

(1845-1903)

3 — *Offrande.*

Pour se les rendre propice, des jeunes gens
offrent aux dieux dans un temple, des pièces
de gibier.

CONSTABLE

(Attribué à)

(1776-1836)

4 — *Paysage.*

Chaumière sous bois.

Nº 14.

CUYP

(Attribué à ALBERT)

(1605-1691)

5 — *La rentrée du troupeau.*

Un cavalier semble demander son chemin à une bergère qui reconduit son troupeau de bœufs et de moutons à l'étable. Le soir tombe sur la campagne.

(H., 0m50. — L., 0m.75)

ISABEY

(Attribué à)

(1804-1886)

6 — Poussé par la lame un bateau rentre au port, rapportant son abondante pêche, que les bateliers rangent dans des paniers pour le débarquement. *Ce tableau a figuré à l'Exposition des Isabey et des Raffet en mai 1904.*

(H., 0m80. — L., 0m60.)

LAMBRECH

7 — Hommes et femmes prenant leur repas.

8 — *Pendant du précédent.*

Hommes et femmes assis autour d'une table, une servante enlève les reliefs du repas.

LANTARA

(Attribué à)

9 — *Scène pastorale.*

Au premier plan à gauche, deux jeunes gens assis sur un tronc d'arbre devisent de choses amoureuses; au fond, de face, quelques chasseurs gravissent la route qui mène sous les bois.

No 5.

LOUIS-LE-GRAND

dit Bamboche

(Attribué à)

10 — Une soirée chez le duc et la duchesse d'Or-
léans, que l'on voit entourés de nombreux
personnages, jeunes femmes, seigneurs, pré-
lats, etc., etc.

(H., 0m50. — L., 0m70.)

PATER

(Ecole de)

11 — Scène galante entre personnages de la Comédie
italienne.

PORBUS

(Attribué à)

12 — *Portrait de dame.*

A mi-corps, le col entouré d'une collerette
en guipure. Sa coiffure blonde et frisée est
attachée par un peigne torsadé orné de perles.

(H., 0m50. — L., 0m40.)

ÉCOLE DU PRIMATICE

(XVIᵉ SIÈCLE)

13 — *Théorie de femmes nues au bain.*

Pendant que deux jeunes femmes sont dans
la piscine, les autres s'essuient ou s'apprêtent
à y entrer; au fond, une servante s'occupe du
service.

RIGAUD

(Attribué à HYACINTHE)

(1659-1743)

14 — Portrait du prince de Beauveau de face, à mi-
corps. Sous un ample manteau rouge on aper-
çoit son armure.

(H., 1ᵐ,0. — L., 0ᵐ95.)

Cadre Louis XIV en bois sculpté.

SENAVE

15 — *Intérieur d'une laiterie flamande.*

Au centre de la pièce une femme s'occupe à nettoyer les ustensiles répandus pêle-mêle dans un baquet, sa fillette la regarde. Au mur et sur des tablettes sont accrochés ou rangés de nombreuses boîtes à lait et autres ustensiles variés.

STEVENS
(ALFRED)

16 — *Scène de boudoir.*

Debout devant sa toilette une jeune femme s'apprête à sortir, et se met un grain de poudre de riz sur le visage ; à ses pieds, son petit chien semble joyeux de partager la promenade de sa jeune maîtresse.

TROYON

17 — *Paysage.*

Au Crayon noir.

VAN LOO

(Attribué à)

18 - *Dessus de porte représentant un repas de jeunes seigneurs.*

Cadre bois sculpté.

19 — *Pendant du précédent.*

Cadre bois sculpté.

ÉCOLE FRANÇAISE

(XVIIIe SIÈCLE)

20 — *Scène de pêcheurs.*

Gouache.

N° 12.

ECOLE FRANCAISE

(XVIIIᵉ SIÈCLE)

21 — *Laveuses.*

Gouache.

ECOLE FRANCAISE

(XVIIIᵉ SIÈCLE)

22 — *Portrait d'un jeune seigneur.*

Pastel forme ovale.

ECOLE FRANCAISE

(XVIIIᵉ SIÈCLE)

23 — Sur un tertre au pied duquel passe un cours d'eau, un berger et une bergère devisent galamment; au fond à droite, un pêcheur à la ligne se livre à son plaisir favori ; vue d'un château et masses de verdure.

ECOLE ALLEMANDE

(Attribué à Van der Veyden)

(1400-1464)

24 — *L'ensevelissement du Christ.*

ECOLE ANGLAISE

(XVIIIᵉ SIÈCLE)

25 — *Portrait d'homme.*

ÉCOLE ITALIENNE

26 — Importante gouache représentant un palais à Venise, sur le vaste escalier duquel deux seigneurs descendent vers une barque, où un batelier les attend.

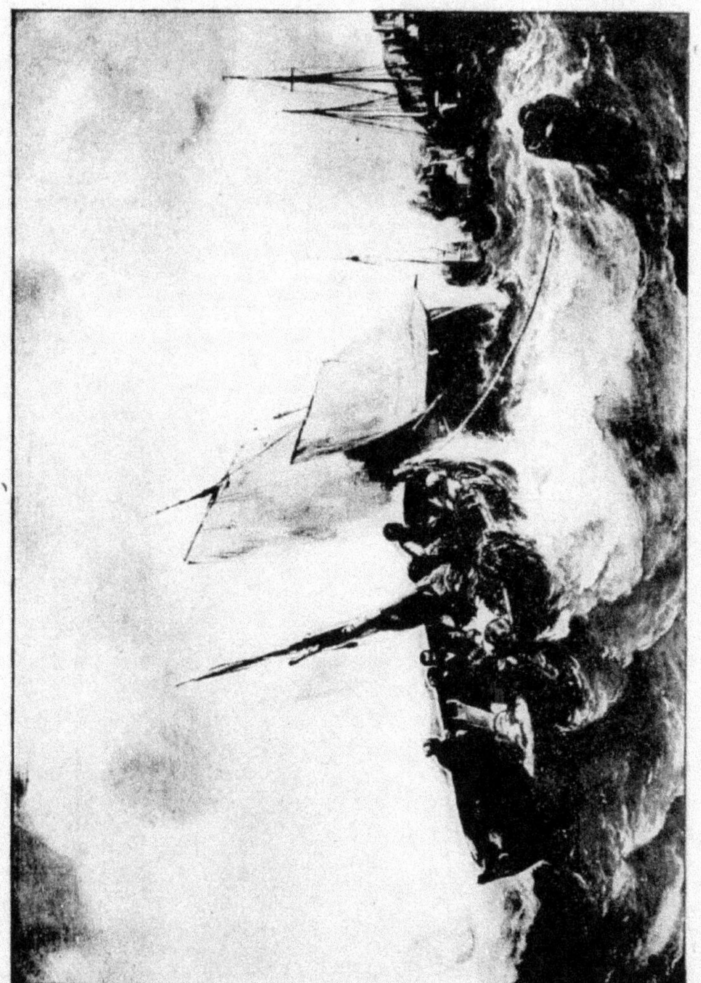

MEUBLES, OBJETS D'ART

27 — Table à poudrer en bois de rose. Epoque
Louis XVI.

28 — Cabinet flamand plaqué en écaille, marqueté
de filets de citronnier et garni de bronzes; la
façade de forme monumentale est à colon-
nettes torsadées, la porte centrale fermant un
cabinet intérieur à tiroirs est ornée d'une pla-
quette en bronze représentant Hercule terras-
sant le lion de Némée; à droite et à gauche
du meuble sont des tiroirs. Epoque Louis XIII.

29 — Grande coupe en pâte tendre genre de Sèvres,
vermiculée d'or sur fond gros bleu, avec mon-
ture en bronze doré.

3o — Baromètre fin Louis XV en bois sculpté et
doré.

31 —- Pendule en marbre blanc à sujet en bronze doré, femme et amour, avec frise et perles. Epoque Louis XVI.

32 — Pendule en bronze doré avec sujet de femme. Epoque du Directoire.

33 — Eventail du Directoire en ivoire repercé et peint en double face au vernis de Martin, d'une marine et d'un paysage animé de figures.

34 — Eventail en écaille blonde, applique de paillettes dorées. Epoque Empire.

35 — Eventail en ivoire, à panaches ajourés, feuille peinte d'une pastorale et pailletée.

36 — Boîte à priser en cuivre doré, ciselée d'une scène tirée des batailles d'Alexandre. Epoque Louis XV.

RED. :

21

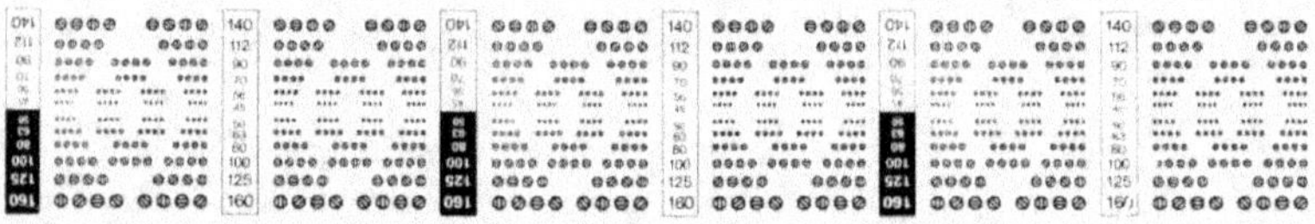

www.ingramcontent.com/pod-product-compliance
Lightning Source LLC
LaVergne TN
LVHW020632180726
843502LV00006B/1984